L'Eléphant vert

Une histoire de Franz Hübner
Illustrations de Eugen Sopko

Epigones-Bohem Press

Aujourd'hui il fait très chaud en Afrique.
Mais ça ne gêne pas les petits animaux.
Ils jouent à cache-cache
et à présent c'est Brullo, l'hippopotame effronté
qui doit chercher. Stella la girafe et Za-Za-Bu
le zèbre ont trouvé une bonne cachette.
Brullo passe près d'eux sans les voir.

Soudain il entend un bruit venant d'un buisson.
"Sortez, je vous ai trouvés" crie-t-il.
Mais que voit-il paraître ? Un petit éléphant
comme jamais les animaux n'en ont vu :
vert ! Vert comme l'herbe !
"J'aimerais bien jouer avec vous"
demande timidement l'éléphant.
Brullo souffle méchamment des naseaux
et répond : "Nous ne voulons pas jouer
avec un éléphant vert. Va-t-en !"

Tristement, l'éléphant vert s'enfuit dans la forêt épaisse.
Il va devoir jouer tout seul, comme toujours !
Alors il cueille une noix de coco avec sa trompe
et il jongle avec. Juste au-dessus de lui,
Chippo le caméléon le regarde
"Pourquoi ne joues-tu pas avec les autres ?
- Ils ne veulent pas de moi parce que je suis vert"
répond le malheureux éléphant.
Chippo lui fait un clin d'œil "Attends, j'ai une idée".

C’est vraiment une très bonne idée :
tous deux se roulent dans la boue grise.
Bientôt, l’éléphant vert est devenu gris.
Gris de la trompe à la queue,
comme tous les éléphants du monde.
Chippo éclate de rire : “Viens rejoindre les autres.
Pas un ne te reconnaîtra !”
C’est vrai. Personne ne reconnaît l’éléphant vert :
la ruse a bien réussi.
“Allons jouer aux noix de coco”
proposent les petits animaux.
Chacun doit secouer un cocotier.
Celui qui fait tomber le plus de noix de coco est le gagnant.

C’est le tour de l’éléphant.
Il prend son élan et donne
un grand coup de tête au tronc d’arbre.
Boum, Boum, Boum, Boum !
Quatre noix de coco dégringolent.
Il a gagné : satisfait, il se tourne vers les autres.
Mais tous le regardent d’un œil méchant.
Sous le choc, la couche de boue sèche
s’est brisée en mille morceaux.
Voilà de nouveau le petit éléphant... vert !
“Tricheur !” crient les animaux en le menaçant.

Pauvre éléphant vert. Le voilà obligé de se sauver
pour ne pas être battu par les autres.
A la rivière il se nettoie
puis il se met à pleurer en silence.
"Allons, ne sois pas triste" dit une voix derrière lui.
C'est Chippo !
"Viens, nous allons voir Furki pour jouer avec lui".
Le petit éléphant vert s'émerveille
"Mais dis-moi, ça ne te dérange pas que je sois vert ?
- Mais non, au contraire, je te trouve épatant !"
L'éléphant vert est heureux.
Il part avec Chippo sur son dos.

Le soleil brille haut dans le ciel.
L'air est brûlant !
Ils arrivent épuisés chez Furki.
"J'ai une idée qui va vous faire plaisir" dit l'éléphant.
Il emmène alors ses amis dans un petit lac.
Il aspire de l'eau avec sa trompe
et il la renvoie très haut.
"Chic, une douche !" s'écrie Chippo.
Tous s'amusent comme des fous.
Soudain Furki pousse un cri de frayeur
car trois lions foncent vers eux.
Mais les lions ont encore plus peur que Furki
"LE FEU ! LE FEU !" crient-ils. La prairie brûle !

Za-Za-Bu, Brullo et tous les autres animaux
s'enfuient, effrayés par l'incendie.
Les hautes flammes se rapprochent.
Le rhinocéros se désole “Que faire ? Où fuir ?
Le feu va nous encercler”.

L'éléphant vert a brusquement une idée
"La douche ! Le lac ! Vite !
Creusons un fossé tout rond qui fera comme une île.
Dans le fossé nous ferons couler l'eau du lac
et elle nous protègera du feu..."
Sitôt dit, sitôt fait. Il était temps : le feu entoure
le fossé plein d'eau qui tourne autour de l'île.
Les animaux ont très chaud, ils respirent difficilement.
Que peuvent-ils faire ? Attendre, seulement attendre.
Mais l'éléphant vert a encore une autre idée.
Il aspire l'eau avec sa trompe et arrose ses voisins.
Les autres éléphants font la même chose.
Chacun respire mieux mais on risque de manquer d'eau
car le fossé n'est pas large.

"Que se passe-t-il ? On dirait que la douche
est de plus en plus forte" pense l'éléphant vert.
Tous les animaux lèvent les yeux vers le ciel.
"Il pleut ! Il pleut !"
La pluie les inonde de ses grosses gouttes
qui éteignent aussi les flammes : ils sont sauvés !
Tous les animaux dansent de joie et s'embrassent.
En regardant la boue couvrant le sol, le rhinocéros s'écrie :
"Si on s'amusait tous ensemble à glisser !"
En souriant gentiment, Brullo invite alors
l'éléphant vert à jouer avec eux.
Tous se roulent gaiement dans la boue.
Chippo et Furki montent à califourchon
sur le dos de l'éléphant vert :
quel merveilleux toboggan.

L'éléphant vert est ravi. Jamais de sa vie
il n'a connu un si grand bonheur :
il s'amuse enfin avec ses amis.

C’est l’éléphant le plus heureux du monde !

Titre original de l'ouvrage
DER GRÜNE ELEFANT
de Franz HÜBNER

photocomposition NIC - PARIS
ISBN : 2-7366-3201-X
Dépôt légal : octobre 1988, Bibliothèque nationale.
Imprimé en Italie par GRAFICHE AZ, VERONA

EDITIONS EPIGONES
43, rue Madame - 75006 PARIS